CP/1re primaire · Niveau 1

Au bain, Roméo !

et autres histoires d'animaux pour les lecteurs débutants

CHANTECLER

Bob le petit cochon

Voici Bob.

Bob est un porcelet,

un petit cochon.

Il n'est pas sage.

Il fait le fou.

Il court partout.

Où vas-tu, Bob ?

Où est ta maman ?

Où est ton papa ?

Es-tu perdu ?

Un vrai pacha

Léo est un chat pacha.

La chasse à la souris ?

Inutile !

La course avec ses amis ?

Pas pour lui !

Découvrir le jardin ?

Pfff, n'en parlons pas !

Ce qu'il aime,

c'est dormir

toute la journée !

ZZZZZ

Max et la balle

Bonjour Max !

Qu'as-tu là ?

C'est une balle,

une jolie balle rouge !

Veux-tu jouer ?

Donne-moi ta balle

et je vais la lancer.

Bravo, Max,

tu es un as !

Dans l'arbre

Voici Minou le chaton.

Il est mignon.

Il est curieux.

Il monte dans l'arbre.

Il n'a pas peur.

Comme il va vite !

Sois prudent, Minou !

Ne glisse pas !

Ne tombe pas !

Maman ?

Où est maman ?

Voici Robin.

Et voici Roxy.

Robin est triste.

Roxy a peur.

Leur maman est partie.

Où est-elle ?

Va-t-elle revenir ?

Robin entend des pas.

Ils se rapprochent.

Youpi, c'est Maman !

Dans la mare

C'est l'été.

Il y a du soleil.

Attila se promène.

Qu'y a-t-il, là ?

Une mare ?

Attila a une idée !

Une patte, deux pattes,

trois pattes, quatre pattes...

Attila s'amuse.

Plouf, plaf, c'est rigolo !

Ha ha ha !

Oscar et Paco

Oscar est avec Paco.

Ils veulent chasser,

comme Maman

et comme Papa.

À qui sont ces traces ?

Et où vont-elles ?

Oscar les examine.

Paco les renifle.

Mais... gros bêtas,

ce sont vos propres pas !

Pico le hérisson

Voici Pico.

Il vit dans un abri.

Quand il sort,

il est prudent.

Pas de chat en vue ?

Pas de renard à l'affût ?

Dès qu'il y a un danger,

il se roule en boule

et il pique !

Malin, n'est-ce pas ?

C'est moi Pico !

Un bisou ?

Lupin et Pip

Voici Lupin,
le gentil lapin.
Et voici Pip,
le petit poussin.
Pip et Lupin sont amis,
amis pour la vie !
Ils ne se quittent pas.
Sur la joue, sur le nez,
ils adorent s'embrasser.
Quelle belle amitié !

Dans le bain

As-tu vu Roméo ?
Est-il dans sa niche ?
Non, il est dans le jardin
et il prend son bain.

Assis dans la bassine,
il barbote et se frotte.
Ah, le voilà bien propre !
Bravo, Roméo !
Tu sens bon le savon.
C'est mieux, non ?

Les deux copains

Les as-tu vus ?

Voici Flocon.

Il est blanc.

Et voilà Miel.

Il est roux.

Flocon et Miel,

Miel et Flocon,

ils sont inséparables.

Quel est ton nom ?

Bonjour, bébé cochon !
Quel est ton nom ?
Jules ou César ?
Glouton ou Grognon ?
Tu as l'air coquin
et un peu taquin.
Ton nom, je le sais,
ce sera Fripon !

Le raton laveur

Qui est ce petit animal ?

Il a un masque noir,

comme Zorro.

C'est rigolo.

Il grimpe aux arbres

et nage comme un pro.

Il triture sa nourriture

avant de la manger.

As-tu deviné ?

C'est un raton laveur !

Rif et Raf

Rif veut dormir.

Il est fatigué.

Raf est en forme.

Il veut jouer.

Tic tic !

Un coup de patte !

Tac tac !

Un autre petit coup !

Rif ne bouge pas.

Il fait la sieste.